Vorreden

Leopold Friedrich Günther von Goeckingk

Seitdem die ersten beiden Ausgaben meiner Gedichte, in Leipzig und Frankfurt am Main fast zu gleicher Zeit gemacht wurden, sind sechs und dreißig Jahre verflossen, und ich glaubte, sie wären vom Publikum ganz vergessen, da ich so selten nur, von weit besseren Gedichten älterer Zeit, jetzt noch reden höre. Von selbst würde ich daher nie darauf verfallen seyn, eine neue Ausgabe zu veranstalten. Die Frankfurter Verlagshandlung hat aber diesen Wunsch seit fünf Jahren so oft wiederholt, daß ich mich dazu entschloß, als ich, auf mein Bitten von allen Geschäften befreit, endlich Muße fand, meine Gedichte durchzusehen und zu verbessern. In einem so langen Zeitraume waren sie mir so fremd geworden, daß ich sie völlig wie die Arbeit eines Dritten betrachten konnte. An meiner Vorliebe liegt es also nicht, wenn mir diese Verbesserung nicht ganz gelungen ist. Will etwa ein künftiger zweiter *Ramler* diese Gedichte noch von den Fehlern, die er darin findet, befreien, so habe ich nichts dagegen; nur bei meinem Leben habe ich Niemanden damit bemühen mögen.

So wie ich bin, so will ich seyn,
Und so mich meinen Freunden geben.

Aus diesem Grunde habe ich auch meines verstorbenen Freundes *Ramler* Umarbeitung einiger von den Liedern zweier Liebenden, die in die zweite Leipziger Ausgabe mit aufgenommen waren, jetzt weggelassen.

Manche in den vorigen Ausgaben befindliche Gedichte sind jetzt weggeblieben, weil sie mir nicht mehr gefielen. Andere, später in periodischen Sammlungen gedruckte, die vielleicht der Aufnahme wenigstens eben so werth gewesen wären, als ich es von denen glaubte, welche ich hier dem Publikum vorlege, wird einer oder der andre Leser vielleicht vermissen. Von diesen letztern wußte ich nicht mehr, wo ich sie jetzt suchen solle, und handschriftlich besaß ich sie nicht. Selbst meine Freunde, die in solchen Flugschriften belesener sind, als ich, und denen ich das Wiederauffinden mehrerer Gedichte, die mir entfallen waren, verdanke, konnten sich nicht weiter für mich bemühen, da ich von denen, die ohne meinen Namen gedruckt sind, die darunter gesetzten Zeichen vergessen hatte. Selbst im glücklichsten Falle, kann ich bei meinem hohen Alter nicht hoffen, noch eine neue Ausgabe zu erleben. Wenn aber jemals eine in der Folge gemacht werden sollte, so wünschte ich, daß sie lieber unvermehrt bliebe, als daß man vielleicht Gedichte von mir aufnähme, die es eben so wenig verdienen, als die, welche ich aus den vorigen Ausgaben nicht beibehalten, oder von den später gedruckten mit Bedacht jetzt nicht aufgenommen habe. Weit eher kann ich mir eine Verminderung gefallen lassen, wenn etwa die Kunstrichter in dieser, von mir selbst gemachten Sammlung, noch Gedichte finden sollten, die ihnen nicht werth scheinen, dem Publikum noch einmal vorgelegt zu werden.

Göckingk.

Zuschrift an den König von Siam

Kommt diese Dedication,
Durch Schiffer *Peter Nils* von *Emden,*
Nach Wunsch, vor *Eurer Hoheit* Thron,
Und laßt *Ihr* dann sie übersetzen:
So seyd kein Kind, und denkt nicht gleich,
Daß Deutschland, weil ein Deutscher *Euch*
Besingt, gar sehr *Euch* müsse schätzen.
Zerbrecht *Euch, Sir',* auch nicht das Haupt
Darüber, wie *Ihr* zu der Ehre
Gekommen seyd? Wenn *Ihr's* erlaubt,
(*Ihr* habt ja nichts zu thun!) erklären
Wir *Euch* das Ding ganz kürzlich so:
Die Dichtkunst drischt bei uns nur Stroh,
Die Kunst zu schmeicheln aber, Aehren.
Nun ist bei uns so der Gebrauch,
Von Aehren, nicht von Stroh, zu leben.
Drum lernen wir Poeten auch
Die Kunst, sie andern auszudreschen;
Das heißt: den Durst nach Schmeichelein
Löscht der Poet; den Durst nach Wein
Muß ihm dafür der Andre löschen.
Glaubt, *Sire,* wollt' ich manchen Herrn
In unserm Welttheil', so besingen,
Als ich wohl könnt': er setzte gern
Bei einer Arbeitfreien Stelle,
Auf seine Kosten, mich in Ruh',
Denn jeder hat ein Haus dazu;
Man nennt es: Eine Zitadelle.

Und doch besang ich niemals sie.

Warum? das kann *Euch* nichts verschlagen.

Doch wär't *Ihr* dümmer als ein Vieh,

Geruhtet *Ihr* daraus zu schließen:

Ich legt' *Euch* diese Zuschrift, voll

Von *Eurem* Ruhm', als einen Zoll,

Der dem Verdienst' gebührt, zu Füßen.

Ihr seyd vielleicht ein schlechter Held?

Das thut nichts! dafür seyd *Ihr* König!

Wenn mir es sonst einmal gefällt,

Euch Preußens *Friedrich* vorzuziehen:

Wer darf in *Siam* sagen: »Ha!

Wie lügt der Schurke!« Niemand ja

Läßt gern sich schinden oder brühen!

Ich aber, *Sire!* bin kein Thor,

Auf gutes Glück zu creditiren.

Nein! Zug um Zug! *Ihr* müßt zuvor

Mir diese Zuschrift baar vergüten,

Sonst wird sich ihr Verfasser schier

Vor *Eurem* Lobe, so wie *Ihr*

Vor einer Mützen-Schlange[1] hüten.

Es thut vielleicht *Euch* wenig leid,

Ob *Siam Euch* nicht liebt? nur fürchtet?

Doch wenn *Ihr* nicht ein Faulthier seyd,

Muß für den Ruhm bei Nationen,

Wo jeder Bettler, ungescheut,

Euch preiset und vermaledeit,

Doch wohl ein Wunsch noch in *Euch* wohnen?

Soll ich den Wunsch erfüllen? Top!

Schickt mir nur einen Elephanten!

Für *Euer* Gold kann ich, Gottlob!

Weil ich's entbehren lernte, danken;

Allein ein Thier zum Reiten, kann

Mir Dienste thun; ich kranker Mann

Fang' etwas früh schon an zu wanken.

Der Herr Professor *Pauli*[2] hat

Zwar ausgelobt, doch *Euer* Leben

Schreibt *Schirach* gern an seiner Statt,

Wenn ich das Reitthier ihm vermache;

Denn seyd *Ihr* gleich uns hier zu Land

Auch nach dem Namen unbekannt,

So thut das eben nichts zur Sache.

Fußnoten

1 Oder Brillenschlange. Sie ist die gefährlichste von allen indianischen Schlangen, und in Siam zugleich die häufigste. Ihr Biß ist tödlich, wenn man nicht auf der Stelle ein Mittel dagegen gebraucht. S. *L' Histoire du Royaume de Siam, par M. Turpin. T.I. p.* 343.

2 Verfasser des Lebens großer Helden.

An sein Buch

So bist du denn zu deiner Reise fertig?

Jetzt bist du noch in meiner Hand,

Bald aber wie allgegenwärtig

Vom Rheine bis zum Donaustrand'.

Bald wirst du, liebes Söhnchen, nun

Bei Prinzen und Prinzessen

Auf weichen Ottomannen ruhn,

Um, wenn vielleicht der Schlaf sie hat vergessen,

Den Dienst des Opiums zu thun.

Vielleicht nimmt gar ein Hoffräulein voll Gnade

Dich beim Frisiren auf den Schooß,

Und seufzt mitleidig: Ewig Schade!

Wärst du nur ein Franzos'!

Doch, guter Junge, laß dich das nicht irren;

Geh, wie dein Vater, deinen Gang

Geruhig fort, laß um dein Ohr den Klang

Der Stangen und der Hörner plumper Sbirren,

Des Klatschens selbst der Kenner, schwirren,

Wenn, sie zu rühren, dir gelang.

Du weist, daß ich dich nicht erzog,

Um in der großen Welt zu schimmern;

Wie sollt' ich mich für dich um sie bekümmern,

Da ich ihr selbst so früh entflog?

Genug, wenn mein Gefühl mich nicht betrog,

So wird sich nie durch dich ein Herz verschlimmern;

So wird der Mann, der Freude liebt,

Vielleicht dich gern erzählen hören,

Wie in der Kunst, die Freuden zu vermehren,

Dein Vater sich sein Leben lang geübt,

Durch nichts so leicht ließ seine Ruhe stören,

Und, wenn wir durch den Tod nur keinen Freund verlören,

Sich selbst als Greis noch über nichts betrübt.

Du brauchst, verlangt man etwa mehr

Zu wissen, nicht halsstarrig auszuweichen;

Doch sag' nur dieß: daß wir einander sehr

Im Guten, und im Bösen gleichen.

Besorge nicht, daß dich, wie *Dorat's* Sohn,

Die Welt einst werde Lügen strafen.

Zwar bist auch du vielleicht der Motten Speise schon,

Wenn ich bei Würmern werde schlafen;

Doch, wenn du, (möcht' ich wahr doch prophezeihn!)

Ein weitres Ziel, als ich, dir kannst erstreben,

So soll gewiß mein ganzes Leben

Kein Vorwurf dir bei deinen Freunden seyn;

Denn, Lehren hat mein Mund gewagt der Welt zu geben,

Doch prägt' ich sie zuvor erst meinem Herzen ein.

Nicht halb so schön wardst du und deine Brüder[1]

Von mir gezeugt, als *Dorat's* Kinder sind.

Von ihren Lippen fließt so süß die Weisheit nieder,

Wie Honigseim aus einer Linde rinnt.

Was, dacht' ich, muß nicht für ein Mann

Der Vater seyn! die Krone aller Weisen!

Ach! zehnmal war ich nah daran,

Als mir die Freiheit noch den Lebensfaden spann,

Zu Fuße nach *Paris* zu reisen;

So mächtig zog die Sympathie

Mich hin zu ihm! Mein liebster Wunsch auf Erden

War der, von ihm geliebt zu werden!

Ja! hätt' ich nicht das Sklavenvieh,

Wie Flaccus die Nachahmerzunft benamt,

Als Jüngling schon gehaßt, von allen

Hätt' ich nur *Dorat* nachgeahmt,

Obgleich er nie der großen Welt gefallen.

Er starb; da ging ich tiefer in den Wald,

Und weint', und mochte niemand um mich dulden,

Doch beim Verzeichniß' seiner Schulden

Vertrocknete der Bach der Thränen bald.

Denn wer die Weisheit, die das Leben

Allein nur werth, es durchzuleben, macht,

So süß uns lehrt, und selbst nicht widerstreben

Der Thorheit kann, wenn sie im Schmucke lacht,

Dem kann ich Dank für seine Lehre geben,

Doch für sein Beispiel, das den Jüngling irre macht,

Nichts als ein kaltes: Gute Nacht!

O! ruhete mit seiner Asche doch

Sein Beispiel still im dunkeln Grabe,

So hätt' ich ganz des Mannes Weisheit noch,

Von dem ich nur den Witz noch habe.

Was ich, durch keine *Necker*[2] je verwöhnt,

Dich suchen hieß, o Sohn! hast du gefunden,

Wenn sich von deiner Freunde Stunden

Auch Eine nur durch dich mit Rosen krönt,

Indessen, von der Welt nun losgewunden,

Sich selbst nach Ruhm dein Vater nicht mehr sehnt.

Doch darf er *dort* den süßen Traum noch träumen,

Daß *hier* den *Lessingen* und *Gleimen*

Dein Lied im Finkenbusch' das Frühstück hat gewürzt,

Vielleicht der Frau in *Rammelburg*[3] die Länge

Des Winterabends, durch Gesänge,

Die du die Töchter lehrtest, sich verkürzt;

Der Sprung ins Grab wird leichter dann

Durch einen solchen frohen Glauben!

Denn freilich werd' ich mich der hohen Buchenlauben,

Der Rosen, die ich selbst daran

Gepflanzt, der Muskatellertrauben,

Wozu ich selbst den Stock gelegt,

Und meiner wunderschönen Tauben,

Die ich so pünktlich selbst verpflegt,

Wohl ungern, selbst als Greis, berauben.

Doch laß' ich dich gesund und stark zurück,

So kann die Welt mich leicht entbehren.

Der Unzufriedenheit die Zähren

Sanft abzutrocknen, und der Thoren Schwarm

Zu überzeugen, daß, zu viel begehren,

Den Armen nur noch ärmer macht als arm,

Das wird nicht jedermann gegeben:

Kannst aber du das noch, mein liebes Kind,

Wenn meine Knochen längst ein Spiel der Winde sind,

Wie leicht verlaß' ich dann ein Leben,

Worin ich selbst, so wenig mir's auch schien,

Nichts besseres den Menschen konnte geben,

Nichts bessres für sie thun, als dich für sie erziehn.

1 Die folgenden Theile dieser Sammlung.

2 Dorat brachte gewöhnlich seine Abende bei den Soupers der Madam *Necker* zu (*S. Sturz* kleine Schriften.) Ob übrigens *Dorat* gleich ein Verschwender, und in manchen Stücken der Antipode der in seinen Gedichten herrschenden Philosophie war, so scheint es doch, daß seine Landsleute ihm nicht völlige Gerechtigkeit widerfahren lassen.

3 Ein Waldschloß in der Grafschaft Mannsfeld, auf dem des Verfassers Schwester wohnte.